歌集

八十の夏

奥村晃作
Okumura Kosaku

六花書林

八十の夏　*　目次

二〇一六年〈後半〉（六月〜十二月）

装幀　真田幸治

八十の夏

二〇一六年〈後半〉（六月～十二月）

エスカレーター

一瞬の判断でわれ右側を歩いてのぼるエスカレーター

疲れてるわれは左の列に付きエスカレーターに運ばれて行く

ＡＩも凄いが巨大重機らの働き振りに圧倒された

重機らが徐々に建物造り行き人は通行整理などする

超ミニの脚すくと伸び健康な乙女の脚が街を闊歩す

白鳥は全身マシロ黒鳥は全身マクロ羽根の部
分が

スマホびと集い勤しむ公園のベンチに坐るエ
トランゼわれ

欅通り、百合の木通り引き続く栃の木通り、
自転車に行く

血小板数値八十万台に下がれと祈り血液内科へ

注射器で血管の血を抜く人にわれも抜かるる
血管の血を

歩いててフッーでないと認識す老いびとわれ
はよろめく度に

我の短歌を我はよしとす

〈かけがえの無き私を表せる歌〉とは違う我
の短歌は
独り異質の短歌詠み来て変らざる我の短歌を
我はよしとす

大群のカリブー撮ると待ち待てる星野道夫の
孤独の深さ

ゴーギャンのタヒチの女《おんな》褐色の肌《はだえ》の胸に赤き
花抱けり

コロッケが推奨の森昌子の歌〈モノマネ歌も
ホントに巧い〉

ガラケーが壊れしを機に恐る恐るスマホを得
んと先ず本を読む

包丁の刃を石に研ぐ一定の角度を保ち三度に
分けて

ぐるぐるとくるくると眼が回転し立ち上がり
ざまよろめく我は

場の乖離決定的だ〈旧歌壇〉若者短歌の〈若者歌壇〉

ポンピドゥー・センター傑作展　東京都美術館

金魚の赤、カーテンの青、室内を描くマティ
スの色彩浄土

そぎそぎしジャコメッティの背の高き女性の
像ぞ胸乳《むなち》豊けく

マン・レイの写真、某氏の禿頭を写すのみなるシロクロ写真

愛人は机《き》にひしゃげ伏し妻は絵を描《か》けりピカソのキュビズムの絵の

若狭小浜

原発の送電線が向岸《むかぎし》の青き山々の上渡る見ゆ

西空の雲にしだいに隠れゆく太陽が照らす海の面《も》の銀

巨大なるテトラポッドを幾重にも積み重ぬ護岸工事というは

若狭なる小浜の海の浜砂のうす茶の砂を珍しと踏む

マーメイドテラスを作り観光のスポットとせり小浜の海の

梅田雲浜《うめだうんぴん》生家の跡とその由を刻む巨大な石の
碑が立つ

人魚を食べ八百歳の寿《じゅ》を得たる八百比丘尼の
入定の洞《ほら》

小浜湾高速に航《ゆ》けり歳月が造りし巨き岩々を
見に

岩鼻を深く抉りて立地せり海より望む大《おお》飯《い》原《げん》発《ぱっ》

高速の観光船の帰路に見る大飯原発の丸く白い筒

氣比の松原

敦賀なる氣比神宮の碑に刻む芭蕉の五句を辿りつつ読む

ユーカリの古木の巨樹が茂り立つ氣比神宮の広き境内

茶の色のほのかに混じる白砂の海をし抱く氣比の松原

水戸藩士耕雲斎の像猛く立ちて惨死の烈士ら祀る

狭野弟上娘子《さののおとがみのおとめ》恋せし宅守《やかもり》の歌あまた刻む武生《たけふ》の里に

多摩霊園

長男の宮布由樹さん挨拶し宮英子さんの法会
始まる

多摩霊園墓前に侍り読経聴く宮英子さんの一
周忌会の

暑ければ帽子をかむり椅子に坐し和尚の読経
に聴き入るわれも

焼香が終わり和尚の経も止み宮英子さんの法
要終わる

「鎮魂之碑」とぞ刻めり裏面には柊二、英子
の享年を彫る　（柊二七十四、英子九十八）

木兎の家

伝肇寺《でんじょうじ》本堂脇に白秋は家を建てたり「木兎《みみずく》の家《いえ》」

屋根は萱《かや》四囲の壁面藁で葺く白秋の家「木兎の家」

韓日の半跏思惟像　東京国立博物館

韓国の国宝78号の半《はん》跏《か》思《し》惟《ゆい》像《ぞう》金銅仏なる

中宮寺半跏の像は木製で黒菩薩なり手足ひかりて

中宮寺弥勒菩薩の足の指太くそこだけ男性の様《よう》

右の手の中指頬にわずか触れ弥勒菩薩は微笑みいます

中宮寺の半跏思惟像衣笠《きぬがさ》の如き光背《こうはい》背にしています

内村航平

〈チーム内村〉力尽くして金メダル取ったり
二〇一六年夏

「出し切ってもぬけのから」と航平は金取っ
てすぐの問いに答えたり

野上真梨子ピアノリサイタル　紀尾井町サロンホール

十本の指に鍵盤叩かれてピアノが創る楽に聴き入る

ピアニストピアノ弾きつつ納得のゆく笑みを見すピアノに向きて

独奏が終わるやブラボーの声聞こえわれは手
叩く力を込めて

緑の草

梅雨明けが延びているからクーラーを使わず
に寝る七月の末

器《き》の底に寝てたメダカが泳ぎ出しクルクル泳
ぎすまだ生きていて

真珠湾奇襲で二千四百余斃した事実知らで経
て来ぬ

叔父さんの奥村吾郎出征の折のうつしえ一枚
遺る

叔父さんの奥村吾郎戦死して彼を知る人皆死
んじゃった

国民にじかにお言葉賜いたりテレビに今上天皇語る

生前の退位を願う天皇のお言葉を聴く八十歳のわれ

河川敷ひたせし水がたちまちに退いて緑の草濡れており

濁流は芥《あくた》を切れ目なく乗せて下り行くなり岸辺に目守《まも》る

えど川と書くを嫌いし田谷鋭は穢土の字・イメージ嫌いしならん

トンカチの一つをふるい火の鋼《はがね》叩きて自在〈鎌〉を造れり

〈文明の利器〉は言い方古いけどクーラーに
すがり眠る熱帯夜

赤き灯と青き灯が見ゆ暗黒の部屋クーラーが
稼働を示し

白鵬が全休なれど両国の国技館今日も満員御
礼

パンダは白に黒が混じれり

シロクマの白い体が浮き上がり全身見せるプール の岩に

太りたるアシカの親子廻《めぐ》り来て褐色の体《たい》ガラス越しに見す

垂直の壁の突起に手を掛けてサルは易々登り
行くなり

十階のビル屋上のその縁《へり》にサルは平気で坐る
であろう

コンドルもオオワシも檻住まいにて羽根を広
げて宙を飛べない

ゾウを見てゾウさんと呼びトラを見てトラさ
んとふつう人は呼ばない

同じとこ行ったり来たりする動きトラにも見
たりヒグマにも見る

シロクマは白、エゾヒグマの体は黒、パンダ
は白に黒が混じれり

墓参

姪夫妻、妻とわれとが菩提寺の墓清めして線香たむく

姪の夫《つま》運転の電気自動車で墓参のあとの食事に向かう

姪夫妻、われと妻とが「デニーズ」でそれぞれ注文のパスタを待てり

波田の寺

特急の指定の座席皆埋まる平日昼の列車なれども

電車・列車／電車・タクシー乗り継いで四時間かけて波田の寺に着く

姉上の位牌・うつしえ・骨壺を段にし置きて
法要進む

鐘の音《ね》が深く豊かに響くなか木魚鳴り和尚の
読経は続く

その夫の骨壺に並べ姉上の骨壺を置き石蓋を
閉ず

ローカル駅発車五分前乗る人ら次々現れ皆乗り込みぬ

大きな魚

荒川の土手の斜面は大型の刈り機ふるいて草
払われつ

わが背丈遥かに越える薄は銀、荻また銀の穂
が陽を反す

黒々と濁る川水　水流の今し止まりて広き川の面《も》

一匹の大きな魚が飛び跳ねて全身を見たり川の面《おもて》に

額ずき祈る

学生の従兄《いとこ》充朗《みつあき》と学生のわれと関西旅行をせりき

一枚のカミソリの刃を替えるなく毎朝使う従兄充朗

絵をよくし文章を書き歌も詠む原田充朗従兄
にして友

脳にメス入れるべきではなかったと悔しみ悼
む従兄の死《しに》を

北欧をカザフスタンを楽しみて絵に描き歌に
詠みし充朗

記憶力頭《ず》抜《ぬ》けて良しの充朗は何でも想い出して語りき

貧ゆえに父を嘆きし充朗は家業の料亭を再興せりき

仕方なく家業を継いだ充朗の大金持ちとなりし晩年

月々に数十万の小遣を得し充朗の財置いて逝く

十月の第一火曜、飯田市の「赤石短歌の会」開催す

同窓の吉川進久、重篤の充朗かなしむ歌二首を詠む

十月の第一水曜、八時前、原田充朗事切れました

付き合いの深かりし従兄充朗の歌詠みてわれはひとり悼めり

姉上に続き従兄の充朗が他界し妻と残り世を生く

仏壇のお骨に向きて充朗の魂《たま》安かれと額ずき
祈る

清澄庭園

大きなる棗姿の石鉢に水湛え絶えず水の注げり

鴨に鯉、亀らも寄りて餌欲るに素早く鴨が餌を啄む

数うれば一目の勝ち一時間交互に石を打ち並べ来て

ヒメダカも死んでゆくのは大変で器《き》の底に寝てヒレを動かす

土曜日の川越の道混んでいて満員の巡回バスの動けず

眼の前をよぎりし小さき蚊を憎み「金鳥蚊取り線香」点《とも》す

蚊は強き種なりその他の虫全て絶えにし草木の庭に群れを成す

池水に立つ青鷺が細き脚泥から抜いて一歩踏み出す

石の上に身を置く亀の石のごと固き甲羅が身
を包みおり

鮭身を震う

遡上する鮭を素早く咥えたる羆《ひぐま》に嚙まれ鮭身を震《ふる》う

猫Aと猫Bの固く冷えし身を庭土に埋め菊花を捧ぐ

飼主に殉じて逝きし家棲みの猫の身二つ庭土
に埋む

活字離れと言う声聞くが店頭に新刊本が山積
みされて

香月泰男展　平塚市美術館

八年の沈黙ののちシベリアの抑留体験を描《えが》き
始めつ

満州で私刑となりて地に臥せる同胞の死を香《か》
月《づき》は描《か》けり

燃えている兵舎は描《か》かず燃え盛る火のみを描きて「業火」と名付く

描《か》かざるを得なくて描きし香月の絵、具体見詰めし抽象の絵ぞ

魂《たま》離《か》れし戦友の顔と手を描《えが》く同じに見えて一人一人ちがう

空穂の子茂二郎ならずや香月描《か》くシベリアの
絵の顔の一つは

シベリアに落命したる同胞の魂《たましい》は日本に帰り
しならん

灰色の或いは黒の太陽を描《えが》けり〈絶望〉の絵
として眺む

日本海近くまで来て魂が故国に行きし兵の足を描《か》く

復員を果たせし兵の顔は皆シベリアに逝きし兵の顔に見ゆ

マテバシイの実

湾岸の歩道を行けばススキ、オギ花穂《かほ》光らせる勝手に伸びて
湾岸の歩道は狭く車道行く運送の大型自動車の列

人通り稀なる湾岸歩道行きマテバシイの実あ
また水漬けり

雨止みて凹む街路の水溜りマテバシイの実い
くつも浮かぶ

谷津の干潟

水面《みなも》には飛来の鴨らあまた浮き泥の面《おもて》に立つ
鴨もいる

わが投げしポテトチップに寄りて来ず谷津《やつ》の
干潟《ひがた》の野生の鴨ら

夕日受け輝く尾花吹く風に靡けり谷津の干潟の尾花

丈高き皇帝ダリア仰ぎ見る薄紫の薄き花びら

諏訪湖

山々に囲まれて広き湖の全水面をバスに見下ろす

八ヶ岳吹っ飛んだ部位復したら富士より大き富士となるかも

トンネルの出口明るく見えて来ぬトンネルの道直線となり

前走る車はみんな尻べ向け前へ前へと走り行くなり

庭の万両

千両は日蔭を好み大き葉の緑の皿に赤い実を
載す

丈低く緑葉《みどりば》増える藪柑子《やぶこうじ》の赤実《あかみ》確かむ葉を押
し払い

丈伸びし庭の万両大き葉の下の赤き実陽に輝けり

江戸川の岸辺

流れゆく川と広がる青空の央《なか》に渡せる長き鉄
橋
鉄橋のレールの上を走り行く電車の立つる轟
音を聴く

大きなる雲の裂目ゆ射して来し光が川の面《おもて》を照らす

江戸川の岸辺に立ちて渾身の叫び繰返す女を見放く

江戸川の岸辺に水漬く枯葦と土手にほおける荻と見比ぶ

江戸川の護岸工事の一区画「スーパー堤防」と名付く一区画

芦ノ湖

箱根神社境内に杉幾百本あるのか大小数え切れない

芦ノ湖に水漬く朱色の鳥居見て後ろの大き雪富士を見る

芦ノ湖にわが見る限りオオバンが数羽居るのみ水清く澄み

芦ノ湖を渡る巨船が作る波寄せ来て岸の石段《いしきだ》を打つ

芦ノ湖の岸辺の段《きだ》に腰下ろし何時までも見る真白雪富士

ドローンを飛ばし空から雪富士を冬の芦ノ湖
を写真に撮ると

芦ノ湖を渡る巨船に雪富士が殆ど見えず山に
隠れて

大涌谷

大涌谷テラスにて見る雪富士の長く豊かにその裾引けり

雪富士を見るスポットの数あれど大涌谷が一番だろう

見下ろしの大涌谷の噴気孔轟音上げて硫気を
噴けり

「黒卵完売」の札、日曜の大涌谷に人ら寄せ
来て

バスに船、ロープウエイにケーブルカー、登
山電車で箱根巡りぬ

荒川の水

時間的距離的に遠い人達と更に隔たる賀状を
止めて
大晦日荒川の水静かにて動かざること池の如
しも

二〇一七年〈前半〉（一月〜六月）

谷津干潟（一）

東京湾・谷津干潟繋ぐ水流の一つ谷津川、一つ高瀬川
二つの川で繋がっている谷津干潟、東京湾と水位同じか

谷津干潟護岸工事で固められ干潟即ち人工の湖《うみ》

旅鳥のシギ、チドリらは谷津干潟通過地として北に飛び行く

オナガガモばかりが集う干潟にて目の縁《ふち》緑のコガモを見付く

オナガガモ、コガモに混じりオオバンが増えているとぞ芦ノ湖で見た

カモの嘴《はし》平べったくてカルガモもドナルドダックも嘴《はし》平べたい

ジェリーフィッシュ

死者出《い》でし火事は報じて死者ゼロの火事はおおむね報道しない

八十を機に年賀状止めたこと寒中見舞にも書き足せり

茶臼山頂《いただき》に立ち真白なる雪富士の如き浅間嶺
の見ゆ

メキシコ産ウーパールーパー真っ白の体《たい》で四《し》
足《そく》を漕ぎつつ進む

要するにクラゲなれども命名のジェリーフィ
ッシュ肯いて見る

雪吊りの松に並べる紅梅の一木ほころぶ睦月半ばに

風はなく青い空から射して来る寒の日差しに肌《はだえ》のぬくし

「大変な世界だなあ」とわが話聴き下されき宮柊二師は

（戦争は悪だ）と叫べ友近《ともちか》の祖父満州で銃殺された

不忍池（一）

数千の鴨ら集いしまぼろしの不忍池、今日数十羽

てのひらの米粒食いに来る雀次々に来て米粒を食う

餌やりは禁止の札に従わず餌やる景をしばし
見て立つ

石神井池、三宝字池

カルガモは体大きく嘴《くちばし》の尖端黄色で年中居ます

釣りする人、模型の舟を走らす人、ベンチに冬陽浴み眠る人

素心蠟梅うす黄の花を、福寿草黄金の花をそ
れぞれ咲かす

何故オタフク何故ナンテンか知らねども赤き
葉温しオタフクナンテン

平成二十九年初場所　両国国技館

土俵際凌ぎ凌ぎし稀勢の里、白鵬を土俵の下
に転がす
（千秋楽・結びの一番）

白鵬も悔いなかるらん稀勢の里強力横綱の誕
生なれば

神山

神山の裾コンクリを打ち固め大涌谷の展望テラス

空中の硫化水素の香を嗅ぎて大涌谷に雪富士見放く

黒卵肴にウイスキーを飲む大き雪富士正面に見て

神山は富士と向き合う山にして白き煙をあちこちで噴く

神山の裾の谷底轟々と聴かせて硫気噴く穴いくつ

造られしより三千年を休まずに硫気噴き上げ
来しか神山

富士山は休んでるのに神山は休まず今も硫気
噴き上ぐ

陶製のお碗の風呂に身を沈め湯の面《も》に落つる
湯の香を聞けり

井の頭公園（一）

老い桜太く醜きその枝をヒトは支えていつまでも咲かす

カイツブリ潜る如くに潜り行くキンクロハジロの姿眼に追う

潜水で採食の鳥小型なりカイツブリまたキンクロハジロ

重い鞄肩に井の頭公園の池の回りを一人見歩く

歌誌「未来」二月号

岡井さん仕事は止めて病める身を養ってたと
後記に記す

岡井さんの編集後記先ず読みて八十九の身の
上を案ず

現役は退かず歌詠み文を書く八十九の岡井隆翁

同年の生まれの歌人馬場さんは岡井さんより体《からだ》強そう

九十に近い馬場さん岡井さん本年卒寿の尾崎左永子さん

九十の賀宴で院は俊成に屏風を賜い歌を賜いき

谷津干潟（二）

谷津川の流れ急なり満潮時過ぎて湾へと退いて行く水

首折れて全く動かぬカモ一羽潮に退かれて流れ行く見ゆ

谷津干潟湖面に北風《きた》の吹き荒れて飛来のカモら処々に浮くが見ゆ

対岸の葦の根方に寄るカモに交じりてシギの脚長く立つ

見下ろしの干潟におよそ百ほどのオナガガモらが憩う時間帯

水退きて顕われし底、干潟にて黒鮮しき泥土光る

水退きて顕われし泥の干潟にはカモ行かず残る水にし泳ぐ

首都圏の池に飛来の水鳥を報告し合う会議の話

「谷津干潟自然観察センター」でクウェート環境相ら説明を受く

「高松台」二十七号を読む

金田明夫編集の高七同窓紙「高松台」読む夢
中にわれは

自動車で奥の細道巡りたる吉川進久の文、写
真も添えて

八十を前に逝きたる同窓の六人を悼む文を読み継ぐ

軽妙な文に宮沢君描《えが》く我も参加の宿泊囲碁会

連載の中島君の〈植物記〉松虫草わが思い出の花

高速バス飯田発便

仙丈の左に続く雪山に尖り抜き立つ東駒《ひがしこま》見ゆ

きさらぎの八日の諏訪の湖は薄氷《うすらひ》処々に浮きいるならん

本年は全面氷結あるのかと思い見て行く諏訪
の湖

ただ白く富士山が見ゆなまよみの甲斐の山な
みの上の雪富士

室内楽を楽しむ　藝大定期演奏会

坐らずに立ったまま吹く女《め》男《お》五人「木管五重奏曲」を聴く

フルートにクラリネットにオーボエにファゴットに交じりホルンが吹けり

バイオリンⅠ、Ⅱにビオラ、バイオリンチェロたち合わす四重奏曲

赤ワイン

デキャンタの赤ワイン互いに注文し手酌で汲
めり教室のあと

今日われは休日なれば朝昼晩妻と食事すテレ
ビ見ながら

手がゆるみ逆転負けす圧倒的勝ちの碁負けた
負けは負けなり

「そごう」から歩いて十分サーカスの赤いテ
ントは完成間近

東京港野鳥公園

キンクロハジロの雌は体が黒っぽく夕日に目の玉金に光れり

目が赤く頭茶色で尻黒く胴灰色のホシハジロ浮く

両羽根を広げて杭に立つカワウ、アオサギは
ただに杭に立ち居り
オオタカは時にカラスをまた時にカワウを食
うと職員話す

不忍池（二）

枯れ蓮の茎切り集め処分する不忍池春を迎えて

餌やるな表示のあれど老人が餌撒きてオナガガモら寄り来る

鳥たちを堕落させてはなりません気付いて居ても餌やる人ら

嘴《はし》と脚黄色で背羽根《せばね》灰色のウミネコ騒ぎ大声で鳴く

浜離宮恩賜庭園

騙《だま》し導き鴨を捕らえし古《いにしえ》の装置の遺構憎みつつ見る

浜離宮庭園の池鴨捕りし装置の遺構三箇所にある

シベリアから飛来の鴨を捕獲して食べた時代
の仕掛けかこれが

池に棲む百羽のカモ等安心に過ごせていいね
ヒトは襲わぬ

飛来ガモ捕獲し食べることしない今の良き世
のいつまでもあれ

じゅん菜池

大型の水鳥である青首のマガモ岸辺の草食べている

水鳥は餌ある場所に飛んでける捨てられた猫、彼はどうする

池の面《も》の一部を占めて動くなく浮き寝しておりキンクロハジロ

森林公園

わが寄れば即《そく》飛び立ちて遠ざかるコガモ鋭敏
人を恐れて

沼の面《も》の遠くに群るるコガモらを望遠鏡に見
つつ確かむ

足弱き妻がとつぜん枯山の傾《なだ》りを下る水鳥見付け

竹橋

見下ろしのお濠の青き水草に飛来のヒドリガモ数百羽

竹橋の下の水面《みなも》の青草を貪《むさぼ》り食らうヒドリガモたち

シベリアに帰る日近みヒドリガモ群れなして
食う水面の草を

シラサギは恥《やさ》しむごとく真白なる身を拡げ飛
ぶお濠の水面

カルガモが数羽居るのみ見下ろしの千鳥ヶ淵
の広き水面

木下大サーカス

本物のライオン八頭椅子に坐しムチ持つ男《ヒト》も
檻の中に居る
鉄製の大き筒形檻の中ライオンを御すムチ振
るヒトが

本物の生きてるホワイトライオンが怒り口開
くムチ振るヒトに

ムチ振るいライオン御するヒトは夜もライオ
ンの隣の部屋に眠ると

ライオンが檻から抜けて会場に飛び出た場合
われ等どうする

一強

金曜の午後五時半に集会を開くとぞ行こう国
会前に
一強の安倍政権に反対を唱えに行こう国会前
に

あまりにもコケにされてはいませんか？　一強安倍の言《げん》、振舞《ふるまい》に

自民党党員だってオカシイと思いませんか安倍の言動

オナガガモの雄

ノスリまたオオタカの棲む樹に近き池のカモ
等に身の保証なし

三十羽居りしが次々北に行き番《つがい》のオナガガモ
を見るのみ

カルガモに交じりて浮けるオナガガモいつま
でも居る雄の一羽が

光が丘公園池に残り棲むオナガガモの雄「ひ
かり」と名付く

本日は「ひかり」健在。水鳥は他にカルガモ
五羽居りました

シベリアに帰らず相棒失いし命名「ひかり」
のオナガガモ哀し

池の魚《うお》好き放題に潜り食う黒き細身のカワウ
の憎し

投げるべき碁

自分なら投げるべき碁を投げないで最後まで
打つ相手に負けた
投げないで時間をかけて考える相手にゆるむ
手を打ち負けた

ソメイヨシノ

東京のどこも桜の蕾まだ固き日「開花宣言」報ず

さくら即ちソメイヨシノは近代の桜にて寿命百年ほどか

「あと何回桜見れるか」などと言う発想哀し
八十のわれ

屋久杉の棚

父母《ちちはは》を偲ぶよすがとわが妻が居間に据えたる
屋久杉の棚

スゴイ服着て現れし女性アナ今日で退くとぞ
挨拶ありぬ

ビニールの傘が地面に張り付いて骨みな折れて雨強く打つ

第四句容量大《だい》の句なるゆえ十三音の字余りを容れ

虫食いの葉

春草《しゅんそう》の白く小さな富士山が虚空に浮かぶ絵
のリアリティ

春草の「落葉」の林の木の枝の虫食いの葉の
モミジバを愛ず

描かれし虫食いの葉が見る我を感動させる理
由は何か

黄疸の世界さながら黄の色を好み使いしアル
ルのゴッホ

黄の色の好きなゴッホは黄の花の向日葵描け
り黄の麦畑も

碁の神様

数えたら一目の差で勝っていて碁の神様が勝たせてくれた

石置いて弱者が強者と戦える囲碁は世界の万能ゲーム

一本のヒット打つのが大仕事こその時にヒットを打ちぬ

螢田の駅に降り立ち虹詠みし小中英之の歌口ずさむ

鱗翅目など詠む小中の一連を評価せりわれら同世代人

ほのかなる熱出て鼻炎に留まるはインフル注
射のお陰であろう

八十になってしみじみ思う事　三とか五とか
で死にゆく多し

一面の緑

潮退いて底現れし谷津干潟草原のごと一面緑《みどり》

一面の緑の原はアオサにてダイサギ・チュウサギ・コサギが立てり

三千羽飛来のオナガガモたちの残らず全てシベリアに発つ

潮退いて残る水域オナガガモ一羽も見えずシベリアに発ち

コガモまたハシビロガモまたオオバンの数十羽ずつ水面に居り

丁度いまオーストラリアから飛んで来たシギ
数十羽干潟に降りた

旬日を谷津の干潟で採食しシベリアに発つシ
ギらの命

上野奏楽堂

ヴァイオリン一つで暮らし立てること難しからん、ピアノも然り

管の長さ三メートルのファゴットが低音に歌う温《ぬく》きその声

朱塗の筒、銀《しろがね》の部品あまた付くファゴット両
手に抱えつつ吹く

フルートの半分の長さ、音域は一オクターブ
高いピッコロ

木管の楽器と言えどピッコロまたフルートは
金属製品もある

上野奏楽堂を出て、不忍池へ

数百のキンクロハジロ発ちにしが餌付け水域
に五羽残り居り

光が丘バードサンクチュアリ

オカヨシガモ・コガモ棲み付きし池にして一羽残らず北帰行せり

光が丘「バードサンクチュアリ」この冬は十羽のコガモが来て帰りたり

書籍断捨離

十年前〈書籍断捨離〉やりました〈歌関連の
本〉のみを残し

八十は死に近き年齢《とし》、年齢に関係なしにガン
は恐ろし

選ばれてガンを病む人、今のところガンと無
縁に生かさるるわれ

見つかった時がステージⅢCの乳ガンに逝き
し人の歌集読む

黒人の世界のヤクとセックスとバイオレンス
またアガペーを描く

（映画「ムーンライト」）

キュウリ・トマト・ゴーヤ

庭の土掘りて均して腐葉土を混ぜてトマトの
苗三つ植えぬ

キュウリ三、ゴーヤ二の苗に水を遣り植える
は明日と玄関に置く

*

三本のキュウリの苗を庭土の床《とこ》に植えたり等
間隔に

井の頭公園（二）

野外ステージ前のベンチは満席となりたり楽祭始まる前に

スワンボート池埋めるがに動けども棲み付きカモら自由に泳ぐ

くちなわ

機熟し単身で北に発ちしならんオナガガモの
雄「ひかり」君を見ず

光が丘バードサンクチュアリ　アオサギとカ
イツブリ居りカモらは発ちて

動くなくただ立ち居りしアオサギが次々と発
ち空を巡れり

くろぐろと身をくねらせて水面を進むくちな
わ　浮くカイツブリ

囲碁に遊ぶ

都合のつく限り碁会に出向くのは同世代の友と遊ぶためなり

学士会・高七碁会ほか二つ碁会に属し老いの遊びす

六十人総当たり戦、今日二局打ちたり、同窓の碁友・碁敵

遊び一、学びが一で、歌を詠む人らとかかわる時間尊し

八十歳・八十代

黄金の八十の年代《とし》、傘を差し時には濡れて歩いています

クリアをしクリアし生きを継ぎ行けばあなたもじきに八十となる

阪神ファンとしての喜びを歌う

こどもの日九点の差をはね返し本拠甲子園で
阪神勝ちぬ

能見投げ鳥谷打ってタイガース、アウェイカ
ープに三連勝す

奇跡あり　ツキまくりあり　おおけなく　阪
神は広島に勝たせてもらう

御しやすく嬉し

ゴーヤの苗一本は支えをカキの木に一本はサ
ルスベリの枝に渡ししぬ

三本に苗を減らして植えたからキュウリやト
マト御しやすく嬉し

自己流の体操ののちグランドを歩く速度で一周駆ける

コンクリの壁面固し　軟球のボール投げ込む一〇〇球に決め

西行の歌

新古今集に違和なく収まれり体験を詠む西行の歌

新古今入集歌数《じっしゅうかすう》一位なる西行の歌一人異質なり

明らかに定家の裔《すえ》の塚本が無視し得ざりし西
行の歌

北帰行

カルガモが三羽居るのみ数百羽居りしカモら
の一羽も居らず

シベリアのどこでカモらは卵産み子育てする
か思いみがたし

東京に白鳥は来ず雁は来ずキンクロ・オナ
ガ・ヒドリら来しが

生誕一五〇年―正岡子規展　県立神奈川近代文学館

東京の国会図書館所蔵なる〈絶筆三句〉を借りて展示す

己をば仏と詠みし子規の句の和紙に書かれしかすれ文字読む

死ぬ前日、律・碧梧桐に助けられ子規は墨書す〈絶筆三句〉

子規もそう赤彦もそう　病める身の死に至るまでが大変だった

二つの展覧会　新国立美術館

美しく明るく可憐、水玉の草間彌生の芸術世界

抽象の色と形の美しさ明るさ草間彌生の世界

チケットを買う人の列、会場入り待つ人の列、
レジ待ちの列

ミュシャ描《えが》く「スラヴ叙事詩」は二十点どれ
も壁面占める大きさ

ミュシャ描く「スラヴ叙事詩」の一枚の狂い
悲しむ女性の瞳

戦争が止むことの無き悲しみをミュシャは描
けり「スラヴ叙事詩」に

身は小ぶりなり

不忍池の全域見巡りて水鳥は絶無五月半ばに

里山の如き樹林の下草のシロツメクサの花群れ咲けり

ただ一羽池にし棲めるカルガモの小ぶりなる
身が水面《みなも》に浮かぶ

飛来せし二羽のカルガモ池の面《も》の水を打ちつ
つ降りて浮かべり

芸人

芸人に生まれし彼は身につけし芸見せ稼ぐ人
等集めて
「玉よりも紙のお足を下さい」とフィナーレ
の芸見せつつ言えり

「芸は身を助ける」と言う　芸人は正にし芸
で暮らしを立てる

バランスがとれさえすれば椅子十脚積み立て
てその上に逆立つ

椅子十脚積み立てし上で逆立てる芸人の頭《ず》に
ヘルメットなし

東大文一2Bクラス（昭和三十年四月入学）

ビギナーズラックと言うか四連勝「2B囲碁会」初参加して

べらぼうなお酒好き居て「懇親会」われも吟醸の酒を飲み干す

居酒屋の一《ひと》室《へや》に座し冷えごろの酒汲み、タバコうまそうに吸う

八十を越えて終電・終着の駅でタクシーに乗る愚か者

アオサの緑

教室の窓から受講の人達と干潟のアオサ群落
を見る

引き潮で潮が引くから底生《そこば》えのアオサの原が
青く現る

様々に趣味はあれども水鳥の趣味高尚と緒方
氏言えり

石神井公園

黄菖蒲が向かいの岸辺占めて咲く石神井の池、
釣り人静か

毬のごと小さきカルガモ九羽なり競い固まり
親に付き行く

九羽居る子のカルガモの恙なく育ち残るは何
羽であろう

カキツバタ青群れて咲く三宝寺池の水面《みなも》にコ
ウホネ咲けり

水面《すいめん》に岸辺に白き花あまた散らす木に寄りそ
の名を知らず

嘴の赤くて体《からだ》真っ黒のバン二羽泳ぐを初めて
見たり

オオバンは都内の諸所で目にしたがバンは初
めて見つつ和めり

青首のマガモ一羽が鳴きながら進む五月も下
旬の池に

ゴイサギの幼鳥一羽黄の足で枝を摑みて動かず佇てり

三宝寺池の湧き水岸近く押し上るがに大量に湧く

上野でクラシックを、池袋でジャズを聴いた

ショスタコーヴィッチ作曲「弦楽四重奏曲第八番」を聴きて

圧倒的音量、迫力で終わるのでなくて最弱音
にて終わる

池袋西口、ジャズフェスティバル

トランペット最強最速に吹き鳴らし他の楽器
休む音を収めて

あの人

一強の安倍に手もがれ足もがれ丸太の如し議員もわれも

〈狂躁〉の人居直りて〈言い放題〉〈仕放題〉
国《くに》は民《たみ》はどうなる

個人的願望を民に押し付ける憲法私物化の安
倍を許すな

明らかに居直り凄むあの人にわたしは無力何
も出来ない

冥界

ちちははにおじおば全て冥界に逝きて八十を
越えたりわれは

弟も妹も逝き健在の妹が故郷《こきょう》の家継ぎくれぬ

三十代、四十五十代で逝く人のおおよそはガン　訃報悲しむ

六十代わずか、七十代ポチポチ、八十代は頻《ひん》、訃報欄読む

九十代かなり多くて百越えはやはり稀なり訃の欄見るに

われは今満八十を生きていて同窓の友の訃の
報せ受く

風邪引いてひと月経てど治らぬと嘆く頑健の
八十の友

今の時代は

文語口語混合体の時代にて若者に完全口語歌多い

ポスト前衛歌人の命は修辞にて文体も修辞、自由に選ぶ

白秋や沼空の歌を読み継ぐに一点の不備、緩
みのあらず

マックと鯛焼き

ビッグマック・コーヒーSがセットにて四〇〇円なり今日の昼食

味も良く値も安いから列をなす鯛焼きの店マックの前の

カルガモの「カル君」

飛来せし番《つがい》のカルガモ池主《いけぬし》の「カル君」をいじめ嘴《はし》もて突《つつ》く

左羽根いくらか失せしカルガモの「カル君」は飛べず他所《よそ》に移れず

カルガモは体《からだ》大きなカモなるも羽根すこし失
せし「カル君」小ぶり

白秋の詩業

『万葉集』鹿また蟹がにんげんにつぶさに調
理さるるを歌う

目玉から脚の先までにんげんに食わるるさま
を蟹が歌えり

百年後、二百年後に遺るのは『黒檜』であろう、白秋の歌

韻文の全てに挑みし白秋の晩年は短歌に集中せりき

就寝時痛まぬように脚の筋もむがに洗う両の手をもて

タチバナの白花咲けどホトトギス声すら聴かず五月も末に

富士山の如くに形良き山が列島日本にいくつあるだろう

大相撲夏場所　両国国技館

千秋楽日馬富士倒し白鵬は全勝優勝す立派なり

大関の豪栄道は九勝しカド番クリアす終わってみれば

関脇の琴奨菊は負け越して三役の地位微妙と
なりぬ

大関へ昇進決めた高安は千秋楽も勝つべきだ
った

大相撲若手競いて台頭し面白くなる〈満員御
礼〉

大相撲毎日見れる境遇のジジババたぬしにっ
ぽん平和

カイツブリの子ら

健やかに育つ子、五羽のカイツブリ井の頭池
はお前らのもの

かいぼりを繰り返す池　棲む魚は上物《じょうもの》、カイ
ツブリお前らのエサ

木の蔭の岸寄りに浮く巣の中でカイツブリ静
か卵《らん》を抱けり

カルガモの子ら

ヒヨコほどの大きさの子のカルガモが十羽居り一羽の親に守られ

水面を勝手に進む子らなれど親カルガモに付きて離れず

公園の「かえる池」さほど広からず親一、子十のカルガモが棲む

カワセミを写すとカメラ十台を並べて人らただ待っている

夕刻にまた立ち寄れば人らまだカメラを構えカワセミを待つ

池主となりしカルガモの「カル君」は寂しか
らずや石に孤り坐し

われの楽しみ

暑からず寒からず良き気温なり夜中に目覚め
手足を伸ばす

ゴルフ・囲碁・マージャン・ウオーク八十の
健康老人、日々遊んでる

高校の大先輩の平田さん、八十八を囲み囲碁を打つ

クラシックギター孤りの部屋に弾き友らと囲碁するわれの楽しみ

ジャケットのAB6を着てみたら着心地良くてその柄も良し

庶民わが夕飯に食う贅沢は深海にとれたキンキの煮付け

Windows 10のトラブル自分では解決出来ずお手上げである

Windows 10は人工知能ゆえスペシャリストに教え乞うべし

セパ交流戦

阪神のファンなるわれは阪神の試合にままならぬ人生を観る

阪神はまあいいとして近頃の巨人の負けを恐れ見ている

阿部、坂本、菅野の巨人がなぜかくも負けが込むのか知る術のなく

セパ交流戦で見たりき観客が立ち上がり〈歩き応援〉してる

セパ交流戦で見たりきパ球団途中で花火の打ち上げをせり

最強音のフィナーレ

高関健《たかせきけん》指揮の藝大フィルを聴くチャイコフスキーのシンフォニー四番《よばん》

オーボエが出番の今はオーボエがひとりし歌い管弦は黙す

待ち構えおりしシンバル大太鼓ティンパニー
鳴り全管弦歌う

全管弦・パーカッションが一体に歌う最強音
のフィナーレ

八十を越える楽器が一体に歌うフィナーレ
叫びたくなる

親を離れて

昨日まで親に従《っ》きいしカルガモのバラケて勝
手に振る舞う三羽

中洲なる葦の根元にのぼり坐す子のカルガモ
ら親を離れて

カルガモの生育早し生後まだ数日なれど親を
離れて

天折歌人杉山隆

はじめから完成してた硬質の杉山隆の透明の歌

自死か事故死か分からぬままに墜死せし昭和の天折歌人杉山

七月七日《たなばた》の夜更け墜死の杉山は十八歳の予備
校生なりき
（昭和四十五年七月七日の夜更け、
宇都宮大学農学部屋上から転落死す）

大学の入試に落ちし杉山隆、歌の虜《とりこ》になりて
居たりき

『人間は秋に生まれた』一冊が没後に編まれ
た隆の世界

中三で歌い始めて高校の三年間に五百首詠みき

青春も知らずに逝きし少年の杉山隆の歌愛すべし

オソロシイ　短歌が己を生きるため杉山隆を拉致したようで

片桐松川

白小花散り敷く道に振り仰ぐエゴの大樹の花空《くう》に満ち

杉落葉褐《あか》く散り敷く道を登り下《くだ》りて川のほとりに出でつ

小断崖なせるを枝に掴まりて水流近き土に降り立つ

水流の豊かに速く瀬に積る石打つ音のさまざまを聴く

松源寺

亀之丞預かりし寺の松源寺、テレビドラマの
ファンで賑わう

亀之丞吹きしと伝う「青葉の笛」レプリカな
れど寺は展示す

松源寺、寺残るのみ城址《しろあと》の緑の台地を先端《さき》まで歩く

城址の台地先端に見下ろせり町・村・飯田市、天龍川を

城址の台地先端に遠望す南アルプスの青き峰々

大洲七椙神社

一の杉、二三四五六七の、大《おお》洲《しま》七《なな》椙《すぎ》神社に詣ず

石段の右に三本、左四《し》本《ほん》樹齢千年の杉は直ぐ立つ

褐《あか》く太き幹に注連縄掛けられて老い杉おのおのの位置に直ぐ立つ

杉なれば真っ直ぐに立つ七本の老い杉どれも真っ直ぐに立つ

八十の我が見上げる老い杉は数百年後も生きるであろう

学士会囲碁会

敗北を認めると言い投げもせずわが手緩みて
数目の負け

負け碁だと思い並べて数えたら一目の勝ち、
運が良かった

数えたら一目の勝ち相方は数えて勝ちと思っ
ていたと

強引に切断されて一方が取られてしまい大敗
でした

高七囲碁会（飯田高校）

湯河原の囲碁専門の「杉の宿」高七囲碁会泊りがけで打つ

チマチマと打つのは止めてよい大場、大場と打ちて勝ちを得たりき

ひとっ皮剝けたる後は勝ち重ね五勝二敗で優
勝せりき

独りの道

河川敷グランドに群れのツグミ下り啄み移り
啄み移る

選ばれて在るわが怖れ胸に持ち今日も独りの
道に勤しむ

宅間とか少年Aに無辜の子を殺められたる親の胸中

渋民の啄木記念館などを訪問　六月十一日

土壇場で彼、啄木は間に合って詠み、かつ、
編みき『一握の砂』を

一行であるべき歌を三行に書き、二首に組む、
革命なりき

短かる二十六年を顧みて量産せりき回想の歌

啄木が生まれた畳の部屋を見る常光寺今にその部屋のこし

生まれかつ一年ちょっと居ただけの常光寺がのこす啄木の部屋

宝徳寺境内に立つヒバの樹のてっぺんは枯れて鳥が止まれり

〈日本一の代用教員〉啄木が教えし木造の教室を見る

函館から札幌小樽釧路へと濃く啄木が生きし一年

啄木の師は鉄幹と晶子なれど流派を超えて啄
木は立つ

あとがき

満八十歳の一年間に詠み溜めた歌の中から四八二首を選び一集を編むことにした。十六番目の歌集である。

自分は夏が好きである。生まれ月の六月は季節では夏、そこで歌集名は『八十の夏』とした。

制作は六花書林の宇田川寛之氏にお願いする。

二〇一七年六月吉日

奥村晃作

八 十 の 夏

（コスモス叢書第1127篇）

2017年 9 月29日 初版発行

著 者――奥 村 晃 作
〒175-0092
東京都板橋区赤塚 7 -15-16
発行者――宇田川寛之

発行所――六花書林
〒170-0005
東京都豊島区南大塚3-44-4 開発社内
電 話 03-5949-6307
FAX 03-3983-7678

発売――開発社
〒170-0005
東京都豊島区南大塚 3 -44- 4
電 話 03-3983-6052
FAX 03-3983-7678

印刷――相良整版印刷

製本――仲佐製本

定価はカバーに表示してあります
ISBN978-4-907891-52-7 C0092